Ich male dir ein Bild mit Worten

Ich male dir ein Bild mit Worten

Gedichte von Wolfgang Ehrenhöfer
Fotos von Bert Reidinger

Pannonica-Verlag

Gesamtherstellung: Welsermühl Druck- u. Verlagshaus AG
Printed in Austria

ISBN 3-9007-9601-7

Ich male dir ein Bild
mit Worten
statt mit Farben,
daß sie die weite Landschaft meiner Seele zeigen,
die Schattenseiten,
wo das Dunkel lastet,
die Sonnenflecken meiner Fröhlichkeit;
ein Bild vom Sommertag,
der reifen Herbst verspricht,
wenn nicht ein Wetter aus den grauen Wolken,
die da und dort
ein Düster schaffen,
noch im September alle Frucht zerschlägt.
Es ist ein wahres Bild,
das nichts verbirgt,
verheimlicht.
Ich male es
und lege es in deine Hand.
Ob's dir gefällt?
Ich weiß es nicht.
Ich werd' es wissen,
wenn ich sehe,
in welchen Rahmen du mein Bild gefügt.

Wieviele sind's,
die warten,
warten,
daß irgendwer
den Schlüssel dreht?

Wieviele sind's,
die suchen,
suchen
nach einem nur,
der sie versteht?

Wieviele sind's,
die geben,
geben,
bis sie selbst leer
und ausgebrannt?

Wieviele sind's,
die rennen,
rennen
und finden nie,
was Glück genannt?

Wieviele sind's,
die kämpfen,
kämpfen,
denn die Welt
sollt' besser sein?

Und and're sind's,
die schleudern,
schleudern
ihr Leben fort,
als wär's ein Stein!

Ein Brunnen ist die Liebe,
ein tiefer Schacht,
aus dessen Grund,
gefiltert durch der Steine Siebenzahl,
das Heil ersteigt.

Und jedem wird's zum Segen,
von welcher Art
sein Durst auch ist.
Selbst der verzweifelt nach der Hoffnung giert,
ertrinkt sich Mut.

So wie es Gärten segnet
und Samen schwellt
und Samen treibt,
bezwingt es alles, was schier starr und tot
und zukunftsleer.

Das Wasser aus dem Brunnen,
der Liebe heißt,
versiegt auch nie.
Und der, dem es gegönnt, hineinzuschauen,
sieht himmelwärts.

Du kannst nicht Liebe spüren
in einer Welt,
die Haß erfüllt?
Es dürstet Millionen nach dem Traum,
der Liebe heißt?

Du meinst, du suchst vergebens,
wo Armut herrscht
und Hunger nur,
nach Liebe, die genug zu essen gibt,
die Wunden heilt?

Gott gab der Liebe Brunnen,
er gab das Seil,
den Eimer auch.
Doch schöpfen, daß ein and'rer trinken kann,
muß ich, mußt du!

Maria Verkündigung

Als der Engel dich verließ,
vernahmst du nur den Flügelschlag?
Da warst du mit dir selbst versöhnt?
Warst ohne Zweifel? Unverzagt?
War keiner da, der dich verhöhnt'?
Kein Mensch, der dich verstieß?

Als der Engel dich verließ,
war da kein Tuscheln um dich her?
War niemand, der den Finger hob,
der spöttisch grinste, inhaltsschwer
zu raunen wußte oder grob
dir stumm die Türe wies?

Als der Engel dich verließ,
warst du nicht aus dem Haus gejagt
von deinen »Lieben« ob der Schmach?
Hat dir kein Freund »Adieu« gesagt?
Lief dir denn kein Berater nach,
der's Kind dich töten hieß?

Als der Engel dich verließ,
da klang aus seinem Flügelschlag
Erlösung dem, der schwer gefehlt?
Da klang aus seinem Flügelschlag
ein Paradies der Christenwelt?
Ob Gabriel das verhieß?

Nur der ist Mensch,
der auch von Freude weiß
und doch die Grenzen sieht,
sich blindlings nicht im Glück verirrt,
sich nicht bloß treiben läßt
wie Spinnen auf Altweibersommer.

Nur der ist Mensch,
der auch von Leid erfuhr
und dennoch nicht verging
im eig'nen Gram, der durch den Schmerz
zum Schönen wieder fand,
im Schnee den Frühling sich erträumte.

Nur der ist Mensch,
der Freunde rufen kann
und sie nicht dann nur sucht,
wenn er der Nächsten Hilfe braucht,
der stets um Freundschaft wirbt,
als müsse er sie neu verdienen.

Nur der ist Mensch,
der anderen erlaubt,
ganz gleich auch, was sie sind,
tagaus, tagein an seinem Leid
und dreimal mehr an seinem Glück,
an seiner Freude teilzunehmen.

Der Spiegel

Wer hat nicht schon durch ihn
sich selbst gesehen?
War's oberflächlich nur?
Ein kurzes Prüfen?
Es hat so mancher wohl,
sich selber hinterfragend,
tief in den eig'nen Augen
nach dem Seelengrund gesucht.

Und du willst wirklich
all das Schicksal schauen,
das aus dem Spiegel je herausgeblickt?

Mag sein,
du kannst den Kummer noch verkraften.
Doch ob du neidlos alles Glück erträgst?

Nachtgedanken
streicheln
das wunde gemüt
und entzünden johannisfeuer
gegen angst
und unwohlsein.

Wir tragen
Kain
noch immer
in uns!

Am ersten Tag,
wie damals,
schuf das Firmament er,
am nächsten
Mond und Sterne ohne Zahl

und weiterhin
der Meere wilde Wogen,
die Küsten, Strände,
alle Inselwelt.

Sobald aus dunklen Wolken
Regen strömte,
der sich zu Flüssen sammelte
und Seen,
entsproß an allen Ufern
neues Leben
und Blütenduft durchzog die reine Luft.

Zuletzt erschuf er
abermals
der Tiere Vielfalt,
er ließ sie kriechen, schwimmen, fliegen,
laut brüllen oder schweigen.

Am sechsten Tag jedoch,
da er sein Ebenbild wollt' formen,
gedachte er der ersten Kreatur
und auch daran,
wie seinen Auftrag sie erfüllte,
die Erde untertan zu machen.

Und Gott sprach nicht erneut:
Laßt uns den Menschen machen!
Er schuf sie nicht als Mann und Frau,
kein göttlicher Befehl war da,
sich zu vermehren, auf der Welt zu herrschen.

Am sechsten Tag der neuen Schöpfung
ruhte Gott.

Aschermittwoch!
Heute wäre wieder der Tag,
die Kirchen zu betreten
und unter Singen und Beten
Asche aufs Haupt zu tun.

Memento mori?
Wer soll noch des Sterbens gedenken
in Haufen, die Kirchen gewesen,
bevor die Raketen sangen und Bomben?
Und die Asche?
Die sind wir selber!

Treblinka

Ganz unten stand ich,
und ich sah dich gehen,
sah deine Henker,
die den letzten Weg dich führten.

Wohl fühlte ich den Stachel,
der mich brannte,
und dennoch kehrte ich mich ab,
um nichts zu sehen.

Wohl hab' die Tränen ich erahnt,
die sie um deinetwillen weinten.
Doch hat mich dies vielleicht bekehrt?
Ich wollte nicht,
nicht sehen, fühlen, wissen.
Seitdem bin ich allein mit meiner Schande.

Der Emigrant

Kein Türschild ist da
mit unserem Namen,
und kein Telefonbuch
gibt uns're Anschrift an.

Ich suche vergebens
das Grab meiner Eltern
und das der Geschwister.
Ich finde sie nicht.

Wer bietet mir an,
sein Essen zu teilen,
wer gibt mir zu trinken
und lädt mich zum Schlafen ein?

Ich gehe hinaus;
ich fliehe die Menschen
und friere genauso,
wie einst ich in Treblinka fror.

Ikarus

Im Niederstürzen habe ich begriffen,
daß für jeden,
der zur Sonne strebt,
die Grenzen unerbittlich streng gezogen sind.

Weh mir,
der voll Verblendung
es gewagt,
darüber hochzufliegen!

Wie war das Glück,
dir, Sonne, nächst zu sein,
so unaussprechlich!
Wann hatte je dein Strahl
mich mehr gewärmt?

Jedoch im dich Begehren
lag mein Untergang.

Nun fall' ich,
falle ohne Ende
aus deiner Wärme
in die Finsternis.

Betreten strengstens
Verboten

Beim Abreißen eines Kalenderblattes

Und wieder hab' ein Blatt ich vom Kalender abgerissen,
hab' eine Woche von den andern abgetrennt.
Werd' ich, was alles wirklich war, noch wissen,
wenn irgendwann ein Richter meinen Namen nennt?

Viel mehr als Böses hab' ich Gutes in der Zeit erfahren,
hab' Freud' und Leid in engster Nachbarschaft erlebt,
da fand ich Stunden, die voll Glück, voll stiller Trauer waren,
und war von Leidenschaft und Lust durchbebt.

Das alles ist vorbei, darüber will ich auch nicht klagen,
doch wünsch' ich mir, das Blatt, es wär' noch angebracht,
denn in den letzten sieben achtlos weggeworf'nen Tagen
lag noch so viel an Gutem, das ich nicht gemacht.

Mein Schreibtisch

Was sich hier türmt, sind tote Dinge?
Nur schierer Tand, an den mein Herz sich hängt?
Ihr Toren, nein! Der Platz ist voller Leben!
Das Foto meiner Frau ist mir sie selbst,
das Telefonbuch miteinander reden.
Was ihr als Wort- und Satzfragmente findet
– auf Zetteln oder Blöcken rasch notiert –,
das wirkt und handelt schon in meiner Fantasie
wie später dann in euch, den Lesern.

Und leerte ich den Tisch,
und räumte ich das Zimmer,
so blieben die Personen,
ob sie real nun waren oder bloß erdacht,
in der Erinn'rung gegenwärtig.

Mutter!

Wie oft
sind wir taub
den kleinen wünschen gegenüber
die du
an uns richtest

wie oft
sind wir mißmutig
nur
weil wir
helfen sollten

wie selten
sagen wir danke
für alle
die kleinen handgriffe
die dir alltäglichkeit sind

dabei
sind wir so glücklich
daß deine liebe
im sog der vielen selbstverständlichkeiten
nicht ertrinkt.

Mutterhände

Bände sprechen sie,
die engen Linien
in deiner zitternden Hand,
Lebensgeschichten,
ganze Romane
erzählen sie,
von Arbeit
und Mühsal,
und manche Furche
wurde von durchwachter Nacht geprägt.

Auch liest du hie und da
aus einem glatten Fleck
ein Quentchen Glücklichsein.

Die Liebeslinie,
tief und stark
und weit verzweigt,
ist endlos.

Doch
die des Lebens
scheint mir viel zu kurz.

Das Licht hat sich auf leisen Sohlen weggeschlichen.
Die Finsternis ist da. Mit einem Schlag
ist das Getriebe, die Geschäftigkeit gewichen.
Und was ist nun? Was blieb von diesem Tag?

Die Arbeit, gern getan, heut' war sie bloß Routine,
und was ich sprach, hielt ich nicht lange fest.
Ich trieb dahin in der Alltäglichkeit Lawine,
ein Roboter, auf seinen Platz gepreßt.

Nur die Gedanken, zwischendurch an dich verschwendet
(du warst mir nah, selbst wenn ich dich nicht traf),
sie sind mir süße Neige, da der Tag nun endet,
sie nehme ich mit mir in meinen Schlaf.

Dein blondes Haar
und dein frecher Mund,
die flinken Hände
sind mir viel,
sind mir alles.

Das frohe Lied
und das laute Wort,
dein helles Lachen
sind mir viel,
sind mir alles.

Der Tränen Fluß
und das wunde Herz,
dein von uns Laufen
nimmt mir alles.
Nimmt mir
alles.

Alles.

Sommerliebe

Und wieder kommt die Zeit der Zärtlichkeit,
es dampfen voller Wärme sommerlich
die Wälder, bunte Wiesen laden ein.
Ich warte! Du, mein Liebstes, eile dich!

Wir waren lange nicht einander nah.
In dieser Nacht, versprachst du, wirst du mein.
Gerade wie du willst, so soll es sein.
Und jede Geste sagt dir: Ich bin da,
denn dieses ist die Zeit der Zärtlichkeit.

Manchmal
wünsche ich mir,
ich wäre du
und nicht ich,
oder aber,
ich wäre zwei ich;
dann könnte ich,
wenn mir danach zumute ist,
einfach
vor mir selbst
davonlaufen.

Und sie reiste ins gelobte land,
Maria Magdalena,
weiters unbenannt.

und den zwiespalt ihrer seele
trug sie vor
an seinem grab:

wenn ich nun beide,
Herr,
sowohl den einen als den andern,
mit aller inbrunst liebe,
die mir eigen ist,
und das nicht bloß
so, wie die schwester ihre brüder liebt,
so, wie die mutter ihre söhne liebt,
nein,
wenn ich dem einen nicht
und nicht dem andern mich entziehen kann,
weil's für mich e i n e liebe scheint,
sprächst du mich frei,
wie dereinst die von magdala?

Maria Magdalena,
weiters unbenannt,
kehrte heim aus dem gelobten land,
weil niemand ihr erschien,
der antwort gab.

sie liebte fortan keinen mann

und fragte sich nunmehr,
ob nicht gerade das erst
ihre sünde war.

Erste Liebe

Sie träumte ihren Liebestraum
vier kurze Sommerwochen lang.
Doch eh' sie sich auch nur versah,
da war der Herbst ins Land gedrungen,
kein Sonnenstrahl war für sie da;
ihr Liebeslied war ausgesungen.

Was ihr noch blieb? Der Traum vom Träumen,
vom grünen Farnkraut, das nun langsam dürrt,
von Regentropfen auf den schütt'ren Bäumen,
vom Weg, der zu der kleinen Brücke führt.

Und ging sie ihn auch hundertfach, den Weg,
sie fände keinen Hauch vom Sommerglück.
Fließt Wasser, das dir durch die Finger rann,
in deine ausgestreckte Hand zurück?

Im nächsten Jahr,
und Jahre werden heute schnell durchmessen,
singt sie ein neues Liebeslied
und hat – schien es auch noch so schwer –
das Lied vom letzten Jahr vergessen.

Ich brauchte lange
bis es klar
vor meinen Augen stand

was war
dich lieben

nur verzeihen

und heute weiß ich
daß für dich
mich lieben
nur das eine hieß

vergeben

und in ständigem Verzeihen
lag uns're Liebe

Wie balsam ist's
sobald die worte tröpfeln
in der sommerhitze
unserer beziehung
wir gehen sparsam um
mit uns'rer herzlichkeit
als wären's diamanten
die man hüten muß

hast du gewußt
daß diamanten auch verbrennen

die asche
die uns bleibt
streu'n wir uns
auf das eigene haupt
in kreuzesform
und singen
voller selbstmitleid
das miserere

Was dich bewegt,
berührt im selben Maße meine Seele,
bist heiter du gestimmt,
kann ich nicht schweigen.

Im weiten Raum des Seins,
da schweben uns're Stimmen
und wurden doch
durch einen Bogenstrich entlockt.

Wo Gleichklang ist
und Harmonie,
das Dunkle mit dem Hellen sich vereint,
wer fragt da noch
nach dem,
der spielt?

Kurze Liebe

Aus weißen Blüten bist du durch die Nacht gegangen,
ein Falter, der im Philadelphus schwärmt,
bist wie ein Lied durch Mauerstein gedrungen,
und selbst der Vorhang uns're Trauer hielt dich nicht.

Wer bist du, daß du Dirnen Königinnen gleichsetzt?
Wer bist du, daß du Leidenschaft entfachst,
die du nicht hältst, sobald die Sterne schwinden?

Du bist wie Schönheit, die nichts als betrügt –
und aus der Lüge doppelt, dreifach schön hervorsteigt.

Wilde Anemonen
sind mir im Traum erblüht.
Die wollte ich dir schenken,
jedoch im dein Gedenken
brach mir der Frost ins Herz.

Dürre Föhrenreiser
hielt ich mit kalter Hand.
In meines Zweifels Tränen,
da mischte sich das Sehnen,
die andere zu sein.

Wilde Anemonen,
die Nacht für Nacht vergeh'n –
das Beet, aus dem sie werden,
wird eines Nachts ersterben.
Ich fürchte diese Nacht.

Sein Mund

Weiches Versinken
im Taumel, Ertrinken,
menschliche Schwächen
als leises Versprechen,
das ist sein Mund;

Freude in Fülle
in Stunden der Stille,
restloses Geben
von anderem Leben
kündet sein Mund;

Sorgen verschließen
und Alltagsverdrießen,
Welten entrücken,
den Sinn mir entzücken
kann nur sein Mund.

Beuge dich nieder!
Und küsse mich wieder,
wieder und wieder
und wieder und wieder,
rosiger Mund!

Indes der Himmel Stern um Stern entzündet,
hinein in dunkle Juninacht,
Geliebte, deine Welt die meine findet.
Aus meiner Flöte engem Schacht
da fließen altvertraute Hirtenweisen,
umschmeicheln deinen Abendgang.
Wie trunken hemmst du deinen Schritt, den leisen,
und sinkst erbebend in den Hang.

Die Flöte schweigt, ihr Lied ist ausgeklungen
und zieht doch durch den lauen Raum,
hat zu den Sternen bald sich aufgeschwungen,
mischt sich von dort in unsern Traum.
Indes der Himmel Stern um Stern entzündet,
hinein in dunkle Juninacht,
Geliebte, deine Welt die meine findet.

Im Dämmerschein

Ich halte ihr den leisen Atem an
und nehme ihr das Wort von ihren Lippen.
Noch legt das Mondlicht sich auf dunklen Tann,
noch darf der Schwärmer am Holunder nippen.

Es ist der Liebe heimlich traute Nacht,
gefüllt mit Amors sanften Tränenträumen,
solang das Käuzchen wie ein Warner wacht
und tröstend rauschen die Kastanienbäume.

Schweigt still, ihr Häher, weckt mir nicht das Licht,
das uns zurückholt in des Alltags Helle!
Noch liegt sie mir am heißen Herzen dicht,
noch kündet der gebroch'ne Farn die Stelle,
wo eine Liebe weltentrückt gemacht.
Schweigt nur, ihr Häher, schweigt nur,
schweigt nur schnell!
Solang ihr schweigt, bleibt Liebenden die Nacht.

Abendsonett

Vom Wald herab senkt sich die Abendstille.
Die Falter flüchten vor der Dämmerung.
Die Träume, die das Land nun träumt, sind jung
und überschäumend von des Tages Fülle.

Die Nebelschleier breiten ihre Hülle
vom Bachbett her weit in die Niederung,
sie nehmen selbst dem bleichen Strahl den Schwung.
Nun schließen sich die Blüten der Kamille.

Die Trauer wächst der Dunkelheit entgegen;
aus dichten Zweigen klingt es ahnungsvoll
dem Einsamen, dem nie auf seinen Wegen

der Nachtigallgesang entgegenquoll.
Gleich schweren Reifen die Gedanken legen
um ein Herz sich, das so sehnsuchtsvoll.

Nächtliche Impressionen

Das müde Lied der Drossel ist verklungen
aus dunklem Astgewirr. Mit Stetigkeit,
die sich das Leben einmal ausbedungen,
zerfällt der Tag.

Aus schwarzem Schattenwald entsteigt die Klage
des Kauzes, der nach einem Toten schreit,
zum Grat hinauf, der schemenhaft und vage
ins All zerfließt.

Aus Nebelwolken dringt als bleiches Gießen
der fahle Wegbegleiter Mond hervor,
daß aus dem Wasser Lichterspeere spießen
zum Maigestirn.

Erlöst nennt sich der Zweifler einen Toren,
der nun, da ihm die Träume tröstend fließen,
nachdem er seinen Qualentag verloren,
sich selbst gewann.

Du hättest fast dein Leben weggeworfen
an jenem trüben Morgen,
da sich unser Sein begegnete.
Ich hob dich auf
und trug von nun an dich
auf meinen Händen.

Du lerntest rasch das Neue zu begreifen,
dein eig'nes Sein zu werden,
und langsam löstest du die Seele von der meinen.
Es fiel dir immer leichter,
was mich stetig schwerer drückte.
Zu sehr war ich auf dich schon eingestimmt.

Du hättest fast dein Leben weggeworfen
an jenem trüben Morgen,
da ich so unbeschwert die Tage ging.
Doch hab' ich uns verkannt!
Ich irrte – in mir selbst,
um wieviel mehr in dir.

Ich bin nicht Herakles und auch nicht Atlas.
Die Last liegt mir zu schwer auf meinen Schultern
und meinen Händen.
Du, die du mir sie bindest,
bist befreit,
und meine eig'ne Welt, sie zwingt mich in die Knie.

Ob du mich je begriffen?
Meine Seele?
Vielleicht tust du's am nächsten trüben Morgen
– wenn mein Sein dem deinen überhaupt nochmal begegnet.

I bin ka Kieselstan

I bin ka Kieselstan,
densd' anfoch donischmeißt,
und der dann peppelt auf'm Wossa,
bevur er schmähstad aus da Sicht verschwindt.

I bin ka Knollfrosch bloß,
densd' nur am Bodn haust,
und der dann kracht und blitzt und scheppert,
bevur 'snan stinkert zu an Fetzn z'reißt.

I bin ka Disco-Song,
der heut di fasziniert,
und densd' an jedn singst beim Tanzn,
bevur daßd' schnell an neichn Hit verfallst.

I bin a nutzer Mensch,
der von si selbst was halt,
und net dei bleder Zipflkaspar,
der immer nur nach deiner Pfeifn tanzt.

Und wennsd' des net begreifst,
dann wirst a Kieselstan,
den I ins Wossa außischmeiß,
damit er schmähstad aus da Sicht verschwindt.

Er hatte nichts gesagt,
vielleicht zum tausendstenundzehntenmal;
stets war es so gewesen,
niemals anders:
er hatte hingenommen,
was sie tat.
Ob gut,
ob schlecht,
wie immer es geschah.

Doch letztlich war es dieses Nichts,
das sie zerbrach,
als sie zum erstenmal
sich selbst darin erkannte.

Nach der Trennung

Wo bist du hin?
Seit langem schon
hast du dich immer mehr
von mir entfernt.
Erst wandtest du dich seelisch ab.
Es war die Kälte deiner Worte,
die mich's wissen ließ,
daß mich dein Blick nicht länger suchte,
deine Hand nicht mehr so oft die meine fand.
Dann wurden seltener das Wort,
das doch stets Brücke zwischen uns gewesen;
bald war da nur noch
leerer Raum.

Zuletzt, da gingst du selbst.
Wohin?
Wohin?
Der Frage bin ich längst schon müd' geworden.
Und trotzdem bindet sie mich weiterhin an dich.

Wenn heute
oder morgen
sie verstummt,
erst dann ist unser Auseinandergeh'n vollzogen.

Adieu!
hat er gesagt
und ist gegangen.

Adieu!
Nicht mehr.
Du hast es wiederholt.

Er ging
geradewegs nach Sonnenaufgang
und wandte nicht einmal den Kopf zurück.

Adieu!
Mehr hattet ihr euch nicht zu sagen,
weil es viel besser so und sehr vernünftig wär'.

Adieu!
Und jetzt zerpflückt er auf dem Weg die Margeriten,
und du verdeckst die Tränenschleier deiner Augen.

Jahreslauf

Ein Weiß ersteht,
ein klares,
stilles
Weiß,
das trägt
und birgt
und leise klingt,
sanft schwebend wie ein Ton
inmitten bloßer Stille,
und dennoch
schweigt,
zeitlos,
schier grenzenlos,
schier ohne Rand
hin über alles,
was einst Leben war.

Dann zart
und beinah selbstverleugnend
ein erstes Anderssein,
ein erstes Farbesein,
ein zartes Tüpfelchen,
pastell,
nur schüchtern hingehaucht,
und dennoch
Trotz bedeutend,
Trotz und Laut,
der zunimmt,
wenn das Weiß zerbirst,
versinkt,
in Farbe sich ertränkt.

Und überschäumend,
von der Zeit gejagt,
die glühendheiß
und rund
von oben treibt,
den Rhythmus schlagend
und das Ende weisend,
befehlend,
erbricht das Braun
sein Heil,
wird sichtlich Freude
im Übermaß.

Zuletzt,
wenn ruhiger
und warm
die Farben trösten,
wenn reife Gabe segnend fällt,
dorthin,
wo sehnsuchtsvoll
ein leises Danken wartet,
entschwindet eines
nach dem andern
im Kleid wie Sack und Asche,
das Gedanken erst gebiert,
lang ihnen nachhängt
und sie zuletzt
im trägen Lauf der Zeit
verliert.

Im regungslosen,
doch erlösten Schlaf
ersteht ein Weiß,
ein klares,
stilles Weiß,
das trägt
und birgt
und leise klingt,
sanft schwebend wie ein Ton
inmitten bloßer Stille,
und dennoch schweigt.

Märzacker

Schwer
und stumm
in dunkler Bahn
Streifen schwarzer Schollen
hangwärts.
Schnurgerade schnitt der Stahl.

Schwarz beschwingte
Schwadroneure
schweben scharenweise an.
Schnäbel stochern,
stöbern,
speeren.

Spuren
schmutzigen Schnees
im Schatten
schwinden schnell
im Föhnsturm.

Schon
schieben sich
schwache,
schlanke Spitzen
aus dem Schlaf der Schalen.

Maitanz

Dreht euch, ihr Mädchen, im schwingenden Reigen,
trotzig die Hand in die Hüfte gestemmt;
stampft mit den Füßen zum Jubel der Geigen!

Seht in den Augen der Burschen den Schimmer,
wirbelt mit fliegendem Rock ihr vorbei!
Maitanz ist heute! Und Mai ist nicht immer.

Setzt euch, ihr Alten, dazu in die Runde,
schlagt mit den Stöcken den Rhythmus darein,
euch, wie den Jungen, gehört diese Stunde!

Nehmt diese Freude ins kärgliche Zimmer,
bunter noch wird euer Alter sein,
fügt ihr euch auch in das Treiben hier ein!
Denn Maitanz ist heute! Und Mai ist nicht immer.

Mittag im August

Heiß brütet die Hitze des Mittags
über den Stoppeln und Ballen von Stroh.
Der Kukuruz gilbt, bald wird auch er
von eisernen Mäulern verschluckt.
Die Lerchen schweigen, faul räkelt die Katze
sich unter dem schattigen Flieder,
sie blinzelt hinüber zum Hofhund,
der hat sich in kühlere Winkel verkrochen.
Die Ohren nur spielen, sonst liegt er still.

Ein ratternder Traktor
mit stählernen Klauen
zerreißt das Idyll.

Siesta

Das Augenschließen
wird zur Ewigkeit,
prall von geträumten Nichtigkeiten,
die deine Seele ausfüllen,
um ihr in der Leere
Erlösung zu bringen;
leises Atmen
wird Selbstverständlichkeit,
wie fernes Geräusch,
aus dem du
wiederholt
wegtauchst
in die Selbstauflösung.

Allerseelen

Schon Jahr um Jahr
an diesem feierlichen Tage
entbrannte Licht um Licht
aus eurer Hand;
doch immer kam der Wind.

Schon Jahr um Jahr,
trotz Frost und trüben Nebelschwaden
habt ihr durch Chrysanthemen
Gruß gesandt;
doch immer kam der Reif.

Schon Jahr um Jahr
benetzten Tränen eure Wangen,
erstarrten dort in kalten
Herbstes Hauch;
doch niemals kam ein Trost.

Seht dieses Jahr!
Wie strahlt doch der Novembermorgen!
Kein Nebelhauch, kein Frost,
nur klarer Schein.
War das euch je beschert?

Es dünkt euch nicht,
als wollten, die euch einmal liebten,
ein Zeichen setzen, das euch tröstlich ist?
Habt Wunder ihr begehrt?

Advent

Durch Nebel geh'n wir
setzen langsam Fuß vor Fuß
wir sind
– selbst in der großen Stadt –
allein
nur hie und da
da tritt ein andrer
in unser momentanes Sein
wird Teil von unserm Denken
und verschwimmt.

Durch Nebel geh'n wir
setzen langsam Fuß vor Fuß
die Welt
wir haben sie verloren
und fragen stets
ob noch die Richtung stimmt
da taucht ein Licht
aus milchig-weißem Treiben
und will uns leiten
hoffen machen
und löscht doch die Besorgnis nicht
daß es bloß
Irrlicht ist.

Herbergsuachn

Der kloane Thomas, goar a höller Troupf,
hot Augn zan Schaun und Ohrwaschln zan Lousn,
daß sämtliche hobm gmoant: »Deis is a Koupf!«
Und 's Maül hätt er nit nur zan Suppnblousn.

O Goutt, waonn der irgndwou a Büachl gsiacht,
gaonz wurscht, ob 's neich is oder org zaschundn,
oft suacht er si a Platzerl mit an Liacht
und riehrt si nit fiar d'nächstn zwoa, drei Stundn.

Grod hiatzdan lest er wiederum a Gschicht
vom Josef, den s' in jedn Haus beliagn,
dawaül gsegn s' eh scho aonan blossn Gsicht
von der Maria, daß a Kind wird kriagn.

Der Thomas schnauft. Ma gspiert glei, daß er denkt,
obwouhl er läingst nit ferti is midn Lesn.
»Gö(ll), Papa, de hobm s' übroll aoßidrängt!
de zwoa san Türkn oder Tschuschn gwesn.«

Do wird er lamperlstad, der guade Vota.
Der Seitnhieb is näimlich uandlich gsessn.
Wos hot er ah 'es letzte Mol im Prota
sou lauthols üba d'Jugos spouttn messn?

War net – des gebts niar zua – sou maonchazeit
fiar uns a kloana Stessa ah vonnätn,
auf daß – wouimmer s' her san – olle Leit
in erschtn Haus glei Herberg findn tätn?

Was bringst du mit?

Was bringst du mit, wenn du zum Kindlein gehst?
Es ist doch Brauch, daß du zu Weihnacht schenkst.
Wenn du an seiner armen Krippe stehst,
genügt dir, daß den Kopf du gnädig senkst?

Bringst du dein Geld mit, daß es darin wühlt?
Soll es an deinem Goldschmuck sich erfreu'n?
Wenn's gern – wie du – in Wertpapieren wühlt,
schenkst du beim Weggeh'n einen Aktienschein?

Erzählst du ihm, daß du befördert wirst
(das bringt doch fünf, sechs Tausender im Jahr!)
und förmlich deiner Nachbarn Neid verspürst?
Vielleicht sagt dir das Kind drauf: »Wunderbar!«

Bringst du dein Auto mit? Mit Wachs poliert?
Es könnte doch schnell eine Runde dreh'n,
wie du es oftmals tust, weil's imponiert.
Meinst du, es will die neuen Felgen seh'n?

Pack schnell noch deine Goldpokale ein
und die Medaillen, die vom Fitneß-Lauf;
das alles trägst du in den Stall hinein
und stellst es vor ihm nach der Reihe auf!

Hast du nicht mehr zu bieten als den Tand
und diesen Flitterkram? Bist du sonst nackt?
Benutztest du dafür nur den Verstand,
daß du von allem recht viel eingesackt?

Oh nein! Du hast zwei Asse im Talon:
bring dich doch selber mit und etwas Zeit!
Trag's Kind herum! Zeig ihm den Stall, den Stern,
die Schafe! Sing ein Lied, es hört dich gern!

Tu mit ihm das, was dich als Kind gefreut,
und dann geh heim und spiel mit deinem Sohn,
der braucht dich mehr noch als das Kind – viel mehr,
und das – bei Gott – nicht nur zur Weihnachtszeit!

Dezember

Es dunkelt früh.
Die Welt wird sanfter,
stiller,
und bis die ersten Sterne kommen,
bis Lichter sich an Lichter reih'n,
bleibt rundum Dämmerung gebreitet.

Es dunkelt allen.
Auch du,
auch du wirst stiller.
Geb Gott, daß dir ein Stern erglommen,
der leise dich mit seinem Schein
aus aller Dunkelheit geleitet.

Spätwintertag

Zum erstenmal erzwang das Mittagslicht
aus kaltem Schnee das leise, leise Tropfen.
Steh still und horch! Ist das denn nicht
des nahen Frühlings erstes, zages Klopfen?

Belüg dich nicht! Noch ist nicht seine Zeit.
Bald ist der Himmel nebelgrau verhangen,
kein Blick dringt mehr in die Unendlichkeit,
und wieder färbt der Frost die blassen Wangen.

Den Einsamen begleiten schwarze Massen,
der Krähen Ruf beschwört Vergänglichkeit.
Ein Licht fällt wärmend auf die dunklen Gassen,
und Schornsteinrauch verspricht Behaglichkeit.

Der harsche Schnee knirscht unter seinen Schritten.
Er läßt zurück die tiefverschneiten Tannen.
Kehr ein, mein Freund, nimm Platz in uns'rer Mitte!
Leg ab! Und enger rücken wir zusammen.

Ins blaue Nichts
ist mir mein Weg zerronnen,
der Eulenruf nur mahnt,
Fragment
von frühem Nornenspruch.

Versunken bleibt,
was mich so weit geleitet;
wo ich im Aberwitz
die Welt geortet,
bleibt es still.

Ich werfe hoch
mein Netz aus Knabenträumen,
es schwillt,
wird prall von längst Vergessenem.
O sieh!
Es zieht mich mit.
Ich treibe auf dem Zeitenstrom
und werde frei
als der,
der ich Oranden war.

Zeichen habe ich gesetzt,
immer wieder,
jahrelang,
augenfällig auf Papier
und unauslöschlich
in der Tat.

Wie Staub im Wind
sind sie davongetrieben,
wie Rindenschiffchen
auf dem Wasser.

Hast du sie nicht gesehen?

Alter

Wer weiß,
mit welchem Maß
die Zeit gemessen ist,
die uns noch bleibt?

Immer seltener
werden die Lichtblicke der Liebe,
aus denen die Kraft
zu warten
kommt,
daß uns,
wenn wir lange genug ausgeharrt haben,
irgendjemand
das Tor
ganz weit
aufstößt
und
jenes Licht
hereinläßt,
das uns verstehen macht.

Sie hobn mir d'Sunn
ins Oltersheim brocht,
gelb und rund
und so siaß.

I gfreu mi immer
über die Orandschen.
Weil
solang als de gibt,
scheint irgendwo do draußn
wirklich no d'Sunn.

Als das kleine Mädchen starb
(Beim Lesen der Grabinschrift)

Die Sonne sinkt,
sobald sie den Zenit hat überschritten,
wie schon im Morgenrot das Abenddämmern liegt.
Der Apfelbaum,
der sacht im lauen Frühlingswind den Wipfel biegt,
er trägt die Früchte in der Blüten Mitte.

Mit jedem Schrei,
aus jedes Neugebor'nen Brust gerissen,
beginnt ein neues Leben – harrt ein neuer Tod.
Den Scheitelpunkt
des Lebens weiß nur einer: Gott.
Und wieviel Liebe liegt in diesem Wissen!

Jedoch viel mehr noch darin,
daß er schweigt.

Siechtum

Wenn schwer die Nächte sind,
voll Schmerzen, voller Bangen,
so wächst mit jeder Stunde
unbändig das Verlangen,
selbst jetzt nicht aufzugeben.

Du willst den Himmel sehen,
den Mond, sein Kommen, Gehen,
die Sonne, warm und rund.

Du möchtest unbefangen
fortlaufen wie ein Kind
und weiter nichts – als leben.

Mei Lebn?
I schlog
an Salto
nochn aundern.
Wiara Artist.
Jedn Tog.
Ohne Netz.

Dabei waaß I,
irgndwaunn
wird ana davon
a Salto mortale sein.

Es wird vielmehr so sein,
daß ohne mich
die Welt
sich weiterdrehen wird,
geradeso,
als wär' ein Staubkorn
in den Fluten eines Sees
versunken.
Und keine Welle wird verkünden,
was geschah.

Ganz leise,
unbedeutend
wird es sein,
das Gehen,
weil ich der Motor nicht
und nicht die Feder bin,
daß sich die Erde dreht.

Wenn ich einst nicht mehr bin

Wenn ich einst nicht mehr bin,
dann spielt mir keinen Trauermarsch
und singt um mich nicht Totenlieder!
Spielt Tanzmusik, und kauft den Kindern,
die überall am Gehsteig steh'n,
ein Eis, ein Rippchen Schokolade,
und freut euch an den frohen Kinderaugen!

Wenn ich einst nicht mehr bin,
dann legt mich in des Friedhofs letzte Ecke,
wo in den Hecken in den Morgenstunden
noch Amseln flöten oder Spatzen tschilpen,
wo auf den Wegen noch die Gräser wuchern!
Ich wünsch' mir keinen Grabstein,
nicht eisern, noch aus Marmor.
Doch setzt mir einen Fliederstrauch!
Die dunkle Frühlingsblüte nur genügt;
ihr Duft trägt leise mit dem Abendwind
Erinnerung an jetzt ins neue Grün.
Und auf mein Grab pflanzt mir den wilden Mohn!

Wenn ich einst nicht mehr bin,
dann kauft nicht leeren Herzens teure Kränze,
weil wieder einmal Allerseelen ist!
Nein! Singt statt dessen eines jener Lieder,
die ich so gern mit euch gesungen!
Singt laut und hell, ganz wie es euch gefällt,
und wenn durch Zufall einer meinen Namen nennt,
so schweigt nur, oder sprecht von etwas and'rem!

Wenn ich einst nicht mehr bin,
so ist vorbei ein ausgefülltes Leben,
das viel, viel mehr erhielt, als es je gab.
Sperrt das, was bleibt, nicht ein in schwerem Stein,
bannt es in Goldschrift nicht auf schwarze Tafel,
doch gebt ihm Raum in eurem Sein,
im Strahlen froher Kinder Augen,
im Duft des Flieders und im Rot des Mohns
und in den Klängen eines eurer Lieder
und hie und da
im Schweigen!

Zu den Motiven:

Erste Umschlagseite: Im Edlautal
Letzte Umschlagseite: Stiege in Mitterpullendorf
Titelseite: Im Edlautal bei Draßmarkt
Seite 7: Strebersdorf
Seite 11: Stooberbach bei Unterpullendorf
Seite 15: Im Seewinkel
Seite 19: Sandgrube in Unterfrauenhaid
Seite 23: Ruine Landsee
Seite 27: In Neudorf
Seite 31: An der Rabnitz bei Lutzmannsburg
Seite 33: Im Gaberlingtal bei Oberpullendorf
Seite 37: Teich in Frankenau
Seite 39: Im Edlautal bei Draßmarkt
Seite 41: Weingärten bei Deutschkreutz
Seite 43: Im Edlautal bei Dörfl
Seite 45: Scheune in Mitterpullendorf
Seite 49: Im Rabnitztal bei Steinberg
Seite 51: Scheune in Mitterpullendorf
Seite 55: Ruine Landsee
Seite 57: Brücke bei Dörfl
Seite 59: Wiese bei Karl
Seite 61: Im Seewinkel
Seite 63: Wiesen am Stooberbach
Seite 69: Alte Mühle bei Draßmarkt
Seite 71: Tor in Mitterpullendorf
Seite 73: Wiese bei Karl
Seite 79: Schilfernte am Neusiedlersee
Seite 81: Bei Großwarasdorf
Seite 85: Alter Mann in Güns
Seite 87: Ziegelofen in Lutzmannsburg
Seite 89: In der Stooberbachau
Seite 93: Im Edlautal

Wolfgang Ehrenhöfer

wurde 1946 in Fürstenfeld geboren. Nach Abschluß der Lehrerbildungsanstalt in Eisenstadt unterrichtete er als Volksschullehrer im Seewinkel. Seit 1971 ist er als Hauptschullehrer (Deutsch, Musikerziehung, Biologie und Geschichte) in Oberpullendorf tätig.

Veröffentlichungen:
seit 1975 in verschiedenen periodischen Druckschriften.
1982 Gedichteband »Auf der Suche« (vergriffen).
Autorenlesungen im ORF.

Bert Reidinger

Geboren 1950 in Deutschkreutz. Studium an der Universität Wien. Seit 1975 als AHS-Lehrer für Biologie in Oberpullendorf. Wohnt seit 1977 in Oberpullendorf. Als Fotograf vorwiegend auf SW-Material arbeitend.